한국 희곡 명작선 19

파리의 그 여자, 나혜석

한국 희곡 명작선 19

파리의 그 여자, 나혜석

유진월

평민사

유진월

파리의 그 여자·나혜석

나는 너무 멀리 있다
나는 나의 고독을 사랑한다
나는
나혜석이다

파리의 그 여자, 나혜석

우리나라 최초의 여성화가이자 최초의 페미니스트이며 대표적인 1세대 여성작가인 나혜석(1896~1948)은 예술가로서 신여성으로서 지식인으로서 근대적 자아로서 자유와 개성을 마음껏 발현하는 삶을 구가하기 원했지만 현실적으로는 많은 한계와 직면해야 했다.

특히 이 작품에서는 화가 나혜석의 명성을 송두리째 앗아가고 몰락의 원인이 되었던 최린(1878~1958)과의 사랑의 의미를 천착해보고 싶었다. 한 인간에게는 모든 것을 걸 정도의 열정이었으나 결국은 거짓과 배신만이 남는 종말을 보면서 사랑의 순간성과 생의 허무를 느끼게 된다. 그럼에도 나혜석은 사랑 자체에 대한 후회는 없다고 말하는 열정과 진실의 인간이었다. 극한 상황에 몰렸을 때 나혜석이 끝까지 자기를 잃지 않은 반면 최린은 변절하여 친일의 길을 갔다. 거리에서 고독하게 죽어감으로써 비극적 영웅의 모습을 구현한 나혜석과 달리 반민특위에서 친일행위에 대한 재판을 받는 최린의 대조적인 생은 사랑을 대하는 태도에서도 이미 진실과 거짓의 근본적인 차이가 있었다.

어쩌면 사랑이 아닌 현실적 타협으로 결혼을 결정한 순간부터 나혜석에게는 비극적 결말이 예고되어 있었는지 모른다. 그 이후 사랑할 만한 자격이 없는 자를 사랑함으로써 모든 것을 잃어버린 것 또한 사랑과 생의 비극적 아이러니를 보여준다. 그러나 모든 면에서 타협 없이 최선을 다하려고 한 나혜석의 생으로 미루어 볼 때 사랑과 그에 따른 몰락 또한 그녀다운 치열한 생의 한 면모일 것이다.

나혜석의 파리 사건은 연애의 주체가 여성이라는 이유로, 당시의 남성 예술가들에게는 흔히 용인되기도 했던 자유연애의 맥락에서 수용되지 못했다. 나혜석은 가문에 먹칠을 하고 남편의 명예를 실추시킨 여자라는 낙인이 찍히면서 그간의 예술적 사회적 성취를 모두 박탈당하는 징계를 받아야 했다. 그러나 나혜석의 자유연애와 그 이후의 행동 방식은 그 자체로 선구적 저항의 의미로 재평가되어야 하고, 나혜석의 파리는 일탈을 통한 저항의 공간으로서 새로운 의미가 부여되어야 할 것이다. 금지를 뛰어넘어 사랑을 감행한 나혜석은 극적 행동을 주도하는 자이며 경계를 넘어 움직이는 인물이고 플롯의 한 단계를 넘어서는 주인공이다.

차례

등장인물

그 녀 : 조선 최초의 여성화가, 페미니스트, 작가인 나혜석 (1896~1948)

그 : 천도교 도령이자 3.1운동 당시 민족 대표 33인 중 한 사람인 최린 (1878~1958)

소완규 : 변호사, 나혜석의 지인이자 소송대리인

비 서 : 최린의 비서

재판장 : 해방 후 반민특위의 재판장

소 녀 : 나혜석의 시중을 드는 소녀

여 자 : 화가 박인경

때

1920년대~해방 이후

1. 지상의 방 한 칸

1927년 12월.

파리의 호텔방.

연말의 흥성스러움이 배어있는

상송과 크리스마스 캐롤이 이국적으로 들려온다.

무대 중앙에는 창이 있다.

그 앞에는 전화기가 놓여 있는 테이블과 의자 두 개가 있다.

오른쪽에는 방문이 있고

그 앞에 여행용 가방이 있다.

왼쪽에는 침대의 일부가 보인다.

침대 근처에도 여행가방이 놓여 있다.

젊은 그녀와 중년의 그,

그는 창가에 기대어 밖을 내다보고 서 있다.

침대에 걸터앉은 그녀는 그를 물끄러미 바라보고 있다.

잠시 침묵.

그녀   해가 곧 뜰 거 같아요.

그   날이 밝으면…

그녀   마지막이겠죠.

그   모든 게 끝나고 다시 새로운 시작이지.

그녀   뭐가 시작되나요…

그   당신에게는 젊음이 있고 열정이 있으니, 뭐든 할 수 있겠지.

그녀   이렇게 아득한데요. 뭘 다시 시작할 수 있을까요?

그   돌아가는 거지. 원래의 자리로.

그녀   이미 떠나온 자리고 그 위로 시간이 흘러갔어요. 시간을 되돌릴 수 없는 것처럼 지나온 자리로 돌아가는 건 불가능해요.

그   그래도 가야해요. 그러지 않고 어쩌겠소.

그녀   해가 새로 떠오르는 것처럼 하루는 늘 새롭게 시작되죠. 오늘 이 자리에서 다시 어디론가 떠나는 거, 그걸 생각할 거예요.

그   그래요, 어디든 새로운 길을 찾아봐요. 당신은 강한 여자요.

그녀   맞아요. 씩씩하게 살 거예요.

그   당신은 무엇이든 할 수 있지.

그녀   여기… 다시 올 수 있을까…

그   아마도 당신은…

그녀   당신은… 못 와요?

그   당신은 나보다 젊으니까, 당신은 여길 좋아했으니까…

그녀   이 작은 호텔방이 우리가 함께 하는 세상의 전부였어요.

그   돌아가요, 당신은 조선에서 가장 화려하게 사는 여자요. 이런 방 한 칸에 갇혀 살 수는 없어.

그녀   잊을 생각이군요, 여기도, 나도, 여기서 있었던 모든 일도…

그   바쁘게 살다보면…

그녀   바쁘게 산다… 무얼 위해 바쁘게 살 거죠.

그   그런 거지, 남자들이란. 일에 매이고 삶에 휘둘리고 사람에 치이고…

그녀   허망하다는 생각이 들어요.

그   점점 흐려지겠지, 안개 속처럼. 꿈인지 현실인지 어른거리다, 그러다 쓸쓸하게 죽어가겠지.

그녀   길고 긴 인생의 어느 지점에서 한번쯤 죽을 것 같이 진심이었던 사랑이 있었다는 거, 그나마 다행스럽지 않은가요.

그   잡을 수 없는 것, 가질 수 없는 것에 대한 환상이 절실함을 만들었는지도 모르지.

그녀   다만 가질 수 없다는 한계가 나의 의미였나요.

그   한계가 없다면 절실함도 없어.

그녀   한계란 당신이 스스로 만들어 놓은 선이죠.

11

그　　당신은 용감한 여자야. 당신에겐 한계를 뛰어넘을 용기
　　　가 있지.

그녀　당신은 아무 것도 놓지 않으려 하기 때문에 뛰어넘지
　　　못하는 거죠.

그　　사랑만으로 살 수는 없다는 거, 당신도 알잖아. 특히 남
　　　자는.

그녀　여자에게도 삶에서 추구하는 많은 것들이 있어요. 나도
　　　남자의 사랑만 쳐다보는 여잔 아니에요.

그　　우린 피차 그런 사람들이야. 그러니 더욱 모든 게 어려
　　　워. 당신이 내 이름 뒤에 숨어 살 수도 없고 나 또한 당
　　　신의 숨겨둔 남자가 될 수도 없어.

그녀　뭔가를 놓으면 대신 다른 걸 잡을 수 있죠. 진실한 것만
　　　잡고 다른 거 놓을 각오가 있으면 돼요.

그　　우리 이름이 나란히 알려지는 날 우린 모든 걸 잃게 돼.
　　　난 서 있지도 못할 거야. 내가 하는 일이란 게 당신이
　　　하는 일과는 다르잖아.

그녀　정치와 예술의 차인가요?

그　　정치는 사람들과의 관계 속에서 이루어져. 예술은 혼자
　　　서도 할 수 있잖아.

그녀　사랑을 놓고 흥정을 하고 있군요. 우리가 가진 게 없다
　　　면, 그래서 아무 것도 잃을 게 없다면 진실할 수 있었
　　　다, 맞아요, 이미 많은 걸 가진 사람들이 사랑마저 가지

려 한다면 그건 너무 욕심 사나운 일이죠.

그 가야 해. 기차 시간 늦을 거 같아. 당신은?

그녀 베를린으로 갈 거예요. 거기서 연말을 보내고 일주일 정도 후에 돌아오려구요. 당분간 여기 더 있을 거예요. 작업 중인 그림도 마무리를 해야 하고 몇 가지 할 일이 있으니까요.

그 가야겠어. 머무는 시간이 길어질수록 나가는 게 점점 힘들어져.

그녀 함께 한 시간을 지우려고, 모두 다 끝내려고, 애쓰고 있군요.

그 내가 어떻게 당신을 잊어. 내가 어떻게 당신을 떠나. 내가 어떻게 다른 사람이 이 방에 들어오는 걸 견딜 수 있겠어. 당신이 내가 아닌 다른 사람하고… 어떻게 견디겠어. 제발 나를 떠나게 해줘. 나를 밀어내. 나를 내쫓고 내 가방을 던져버려. 방문을 쾅 하고 닫아줘. 나에게 욕을 해줘. 세상에서 들을 수 있는 가장 지독한 욕을 하고 나를 때리고 모욕해줘. 그래서 내가 당신을 떠날 수 있게 해줘. 다시는 당신을 기억조차 하기 싫게 나를 잔인하게 몰아내줘.

그녀 당신이 바라는 게 그거라면… 자, 당장 나가요. 다시는 보고 싶지 않아. 내 머릿속에서 가슴 속에서 당신을 깨끗하게 지워버릴 거야.

그	차라리, 죽고 싶다.
그녀	죽어버려요. 내 눈 앞에서 당장, 이 창밖으로 떨어져버려요.
그	몸이 산산조각나면 마음의 고통도 모두 사라지겠지.
그녀	당신이 내 고통의 십분의 일이라도 괴로워한다면 내 마음의 백분의 일이라도 느낀다면…
그	참고 있어. 내 가슴 속에 커다란 바윗덩이가 나를 누르고 있어. 목소리도 안 나올 지경이라구. 날 이해해줘. 날 몰아붙이지 말아요, 제발.
그녀	가련한 사람…
그	피할 수도 없고 잊을 수도 없고. 아, 도무지 출구가 없어. 비겁한 놈으로 남느니 죽는 게 나을 거야.
그녀	죽을 용기가 있으면 살 수도 있어요.
그	나한테 어쩌라는 거야. 세상에 대고 모두 털어놓기라도 할까?
그녀	알아요, 어쩔 수 없다는 거. 하지만 달아나는 그 모습이 너무 치사해. 도망치듯 내빼는 모습이 너무 초라해요. 우리가 만난 날들이 그렇게 수치스러워요?
그	모두 말해버릴까? 당신을 돌봐달라고 부탁하고 떠난 사람에게 다 말해버릴까? 내 후배에다 정치적 동지인 그 사람에게 다 말해?
그녀	몰라요. 나도 모르겠어요.

그	꿈을 꾸었다고 생각해. 우린 파리에서 한바탕 꿈을 꾼 거야. 내가 이 방을 나가는 순간 우리의 꿈은 끝이 나는 거야.
그녀	한바탕 꿈…
그	돌아가면 우린 남남이야. 우린 서로 모르는 사람이야. 조선은 여기랑 달라. 우린 조선 사람이고 조선은 우릴 용납하지 않을 거야. 시작이 있으면 끝이 있게 마련이지. 언제까지 계속할 수는 없어.
그녀	사랑이라는 거, 순간적이고 형체도 없고 남는 것도 없는, 그냥 참 남루하고 허무한 거죠.
그	말의 수사, 부질없어.
그녀	우리 이야기 세상에 알려지면 당신만 타격 입는 거 아니에요. 나도 무너져요. 하지만 적어도 나는 모든 걸 잃을 각오를 하고 있었어요. 돌팔매 같은 거 각오하고 있었어요. 우리가 만나는 거, 그만한 가치가 있는 줄 알았어요.
그	여길 떠나는 순간 우린 과거로 돌아가는 거야. 우리가 만나기 전의 시간으로.
그녀	그래요, 호텔방에서 보낸 시간이란 그런 거지. 이제는 피차 집으로 돌아갈 시간이지. 지상에 방 한 칸을 갖지 못한 사람들의 만남이라는 건 언제나 이렇게 끝나는 거지… 자, 가요, 당신 집으로.

그   유리창에 나를 그렸다고 말한 적 있지. 그 마음을 안
고 가겠소. 햇빛에 사라진 그림, 내가 보지도 못한 그
림이지만 언제나 나는 유리창에서 그 그림을 볼 수
있을 거요.

그, 문 앞의 가방을 들고 나가려 한다.

마침 전화벨이 울린다.

오랫동안 벨이 울리고 두 사람 다 움직임이 없다.

벨이 멈추고

그, 마침내 돌아선다.

문 손잡이에 손을 댄다.

정지 상태에서

암전.

2. 그녀, 그를 만나다

한 달 전
같은 장소.
겨울비답지 않게
거센 빗소리 들린다.

어둠.
급하게 문을 여는 소리 들린다.
서두르는 탓에 열쇠 구멍을 찾지 못해 소란스럽고 더 오래
걸린다.
겨우 문이 열리고 그와 그녀 들어선다.
문이 닫히고
두 사람 어둠 속에서 열정적인 포옹.
벽에 붙은 스위치가 눌려 불이 들어온다.
환해진다.
흐트러진 차림새의 두 사람.

다시 불을 끈다.
한동안 사랑을 암시하는 아름답고 격정적인 음악.

어둠 속에서

초조하게 전화벨이 울린다.

오래도록 안타깝게 울리다가 끊어진다.

밝아지면

며칠 후.

그녀, 창가에 서서 밖을 내다보고 있다.

그, 노크하고 들어온다.

다정한 두 사람.

그   잘 잤어요?

그녀   밤새 당신 얼굴을 그렸어요.

그   보여줘요.

그녀   이리 와보세요. 유리창마다 가득 그렸어요.

그   햇살에 모두 사라졌군요. 당신다워요. 남기는 게 무슨
        의미가 있겠소.

그녀   언젠가는 진짜 그릴 날이 올지도 모르죠. 하지만 그리
        고 싶지 않아요. 내가 아는 당신, 나만 느끼는 당신, 세
        상에 내놓고 싶지 않아요. 사람들이 당신 그림을 보면
        서 이런저런 이야기를 하는 거 원치 않아요.

그   이해해요.

그녀 수없이 그렸다는 것만 알아두세요. 그리고 드리고 싶었다는 것두요.

그 고마워요. 며칠 동안 너무 바빴어요. 숱한 모임 중에 연설 중에 계속 당신 생각을 했어요. 너무 그리웠어요. 사랑해요, 진심이에요.

그녀 오 세상에, 두려운 말이에요.

그 나도 두렵소. 하지만 이미 사랑에 빠져버린 걸…

그녀 전 남편을 사랑해요.

그 알아요. 김군처럼 좋은 남편이 세상에 어디 있겠소. 조선에서 아내를 위해 그토록 헌신하는 사람은 다시 없을 거요.

그녀 그런데 이제 어째요. 글로 주장하던 일이 현실이 되어버렸어요. 정조의 해방, 하지만 결코 정조의 방종을 의미한 건 아니었어요.

그 방종이라니 얼토당토 않은 말이오. 당신은 나를 사랑하는 마음이 없소? 내 생각으로 잠 못 이루는 밤이 없소? 나랑 나누었던 이야기들이 생각나 혼자 미소 짓는 그런 순간이 없소? 정녕 없소?

그녀 당신이 하루 종일 마음속에서 오락가락해요. 당신이 언제 오실 건지 언제쯤 전화를 하실 건지 기다리느라 그림도 못 그리겠어요. 가슴이 퉁탕거리고 숨이 가쁘고, 온종일 당신하고 이야기를 나누어요. 연극을 하듯 혼자

이런 소리 저런 소릴 해요. 어떨 때는 숨이 다 안 쉬어
져요.

그   나도 그래요. 내 나이가 오십이에요. 이제껏 살아오는
동안 이런 일은 처음이오. 아니 내게 이런 일이 생기리
라는 걸 꿈에도 생각해보지 못했어요. 내가 꿈을 꾸고
있는 건 아니오? 당신은 누구요, 대체 어디서 이렇게
나타난 거요.

그녀   모든 게 전생에 시작된 인연이라지요. 우린 어떤 인연
으로 이렇게 만났을까요.

그   전생에 내가 선업을 많이 쌓은 보양이오. 이번 생에서
이렇게 당신을 가까이서 만나게 된 걸 보면…

전화벨 울린다.

잠시 바라본다.

그녀, 망설이다 어렵사리 전화를 받는다.

그녀   여보세요… 아, 당신이에요… 네, 잘 있어요… 베를린
은 어때요… 네, 여기도 겨울비가 거의 매일 내려요. 날
씨는 우울하죠. 하지만 잘 지내고 있어요… 오늘은 루
블 박물관에 가려구요. 네, 선생님도 잘 계세요. 항상
통역하는 분이랑 셋이서 다니죠… 당신 감기는 좀 어때
요? 아, 그래요, 성탄절을 보내러 갈게요… 이제 한 달

정도 남았지요… 네, 저두요… 네, 그럼 끊어요.

두 사람, 잠시 어색하다.

그   오늘도 잔뜩 흐린 게 곧 비가 올 것 같아요.

그녀   네. 어젠 여름비처럼 많이 오더군요.

그   그랬죠…

그녀   실은…

그   …

그녀   당신은 오래 전 헤어진 내 첫사랑과 많이 닮았어요.

그   왜 헤어졌소?

그녀   죽었어요. 폐병으로.

그   저런…

그녀   겨우 스물다섯이었어요. 저는 스무 살이 갓 넘었을 땐
        데 충격이 컸었죠.

그   그렇군요.

그녀   첫사랑을 그렇게 허망하게 보내고 많은 걸 알았어요.
        사랑은 기다려주지 않는다는 거요. 사랑이 그 무엇보다
        중요하다는 것두요. 저도 거의 죽을 지경에까지 이르렀
        거든요.

그   당신 정말 열정적인 사람이군요.

그녀   그땐 공부가 왜 그리 중요했는지, 아픈 사람을 두고 동

경으로 떠났어요.

그 다시는 바보짓 하지 말아요. 사랑이 떠나가게 두지 말아요.

그녀 벌써 십 년 전이네요.

그 아직도 청춘이군요. 내가 이렇게 젊고 멋진 여성을 사랑하는 게 가당키나 한 거요?

그녀 나이가 뭐 중요해요? 의사가 통하고 마음이 통하고 세상을 바라보는 눈이 통하는 게 중요하죠. 전 이렇게 예술적 감성이 뛰어나신 분을 만나 마음껏 대화를 하는 게 정말 좋은 걸요. 숨통이 트이는 거 같아요.

그 과분한 말이오. 나는 정치가요, 종교 지도자고. 지루한 일들에 지쳐 거문고나 서예를 조금 기웃거려본 거요.

그녀 그러니 더 멋지세요. 제 인생에 다시는 이런 일이 없을 줄 알았어요.

그 마음 속 깊은 곳에 넣어둬요. 아무도 모르게 숨겨둬요. 그래야 아름답게 간직될 거요.

그녀 남편이나 아내에 대한 사랑과는 별개의 또 다른 만남이 존재할 수 있다고 생각해요. 문명 개화된 사회의 사람들에게는 자연스러운 일이예요. 여기 사람들은 다들 그렇게 살고 있잖아요. 다른 남자나 여자를 만나면서 자기 남편이나 아내와 더 잘 지내고 있어요. 큰 잘못이 아니라면 서로가 모두 용납하는 분위기죠.

그　　하지만 그건 어디까지나 파리에서만 가능한 거요. 조선
은 파리가 아니라는 걸 명심해요.

그녀　실은 두려워요. 생각하면 너무 괴로워요. 어둠 속에서
길을 잃고 헤매는 꿈으로 날밤을 새요. 하지만 어째요.
이 순간, 이 살아있는 느낌이 그림을 그리게 하는 힘이
되는 걸요. 한 남자의 아내고 아이들의 어머니지만 난
살아 있는 인간이고 무엇보다 예술적 감흥이 없으면 그
림을 그릴 수도 숨을 쉴 수도 없는 걸요.

그　　두려움이 없다면 인간이 아닐 거요. 나도 두려워요. 한
없이 깊은 땅 속으로 가라앉는 느낌이다가 하늘로 높이
날아가는 것 같기도 하고 나도 나를 종잡을 수가 없어
요. 이 나이에 내가 이런 감정의 흔들림으로 혼란에 빠
질 줄은 정말 몰랐소.

그녀　평생을 성실하게 살아왔고 앞으로도 그렇게 살아갈 사
람들이 파리에서 짧은 시간 한 송이 꽃을 그렸다고 해
요. 오늘 이 순간이 우리 생에서 소중하다면 그것으로
어떠한 대가도 치를 수 있을 거예요. 저는 각오가 되어
있어요.

그　　우리가 그런 각오 없이 만날 수는 없을 거요. 우리는 곧
부러질 나뭇가지에 위험하게 매달려 있는 사람들이야.
위에서는 호랑이가 쫓아오고 밑에서는 굶주린 뱀들이
입을 벌리고 우리가 떨어지기를 기다리고 있소.

그녀 남자의 자유연애는 근대의 표상이고 여자의 사랑은 부
도덕한 탕녀의 행위로 치부하고 밟아버리는 게 조선 인
심이지요.

그 이 순간 우리의 만남은 아슬아슬한 줄타기를 하는 형국
이오. 하지만 나 또한 내 인생에서 당신을 만난 오늘을
후회하지 않을 거요.

그녀 그걸로 됐어요. 우리의 만남이 끝을 알고 가는 서글픈
것이라 해도 그 안에 흐릿하지만 작은 빛이 있는 걸로
족해요.

그 새로운 빛을 찾으려고 예까지 와 있는 거 아니오.

그녀 맞아요, 우리 조선도 정조의 해방이 있어야 해요. 모든
억압에서 벗어나서 정조의 자유를 누려야 해요. 충분한
자유가 있어야 정조의 진정한 의미도 깨닫고 정조의 중
요성도 알게 되는 거죠.

그 당신의 사상이 조선에서 받아들여지려면 21세기나 되
어야 할 거요. 당신은 백 년을 앞서가는 사람인 셈이지.

그녀 백 년 후에 우리는 진짜 사람답게 살 수 있을까요.

그 당장 급한 게 조국의 독립이니 사실 그런 건 다 사치스
러운 이야기요.

그녀 여자도 사람이라는 당연한 말이 조국 독립이라는 대명
제 앞에서는 허무맹랑한 헛소리처럼 날아가 버리지요.

그 당신은 조선에서 첫 발자국을 내딛는 여자요. 모든 게

어렵지만 그만큼 보람이 있을 거요.

그녀 조선 여자를 대표해서 일본에서 신학문을 배웠고 아무
도 하지 않는 그림을 그렸고 지금 이렇게 유럽 여행을
하고 있지만 내 속은 너무 복잡해요.

그 당신 같은 여자가 조선에 있다는 게 정말 다행이지. 그
렇게 열악한 땅에서 당신 같은 꿈을 꾸는, 두려움 없는
여자가 있다는 게 말이오. 당신 정말 대단해요.

그, 그녀를 그윽하게 바라본다.

입맞춤을 하려는 순간

노크소리와 함께 문이 열린다.

통역자 등장.

당황해서 황급히 떨어지는 두 사람.

통역 안녕하세요, 선생님. 모시러 왔습니다.

그 아, 기다리고 있었어요. 오늘은 살레 씨를 만나러 가는
길인데 혜석씨도 같이 가요.

그녀 제가 같이 가도 되나요?

그 살레씨는 세계약소민족회의 부회장이에요. 다음 달 브
뤼셀에서 열리는 세계약소민족회의에서 내가 연설하도
록 주선해 주었어요.

통역 오늘 점심을 함께 하기로 했는데 혜석씨를 만나면 그분

도 반가워 할 겁니다.

그녀 빨리 불어 공부를 좀 해야겠어요. 어딜 가나 벙어리 신세니 원.

통역 염려마세요. 제가 열심히 통역을 해드리겠습니다.

그 당신이 불어까지 하면 여기서 만나는 사람마다 당신의 매력에 푹 빠지고 말거요. 아마 우리가 만날 시간도 없을 거요.

그녀 농담도 잘하세요.

통역 아니, 사실입니다. 혜석씨야 어딜 가나 대환영이지요.

그 참, 호텔에서만 생활하는 게 지루하면 그 댁에서 지내는 건 어떻소? 당신이라면 기꺼이 환영해줄 거요. 당신이 그림을 그리러 다니는 비시에르의 화실도 멀지 않을 거요.

그녀 그게 가능할까요? 정말 그렇게 하고 싶어요.

통역 오늘 살레씨 댁을 방문한 후엔 루블 박물관에 가실 거죠?

그녀 네, 몇 번을 갔어도 또 가고 싶어요. 좋은 그림들을 보고 자극을 받지만 한편으론 그림을 그릴 자신감도 없어져요.

그 당신 그림도 세계적인 명성을 얻을 날이 올 거요.

그녀 정말요?

그 조선 최초의 여류 화가가 조선 최고의 화가가 되고 종

국에는 세계가 알아주는 화가가 되는 거지. 당신은 꼭 그렇게 될 거요.

그녀 죽는 날까지 그림만 붙들고 갈 거예요. 그림으로 생의 의미를 찾을 거예요.

통역 자, 어서 나가시죠. 오늘은 지하철을 한 번 타보겠습니다.

그녀 지하철이요? 땅 밑으로 차가 다닌다는 게 믿어지지 않아요. 심지어 세느강 밑으로도 다닌다면서요?

그 노선에 따라 갈색선과 녹색선이 있다고 합디다.

그녀 교통수단이 정말 편리해요.

통역 택시를 타면 그 안에 달려있는 기계에 나온 금액대로 돈을 내면 되니까 불어를 몰라도 어디든 갈 수 있지요.

그녀 거리마다 온갖 조각상이며 분수가 중심을 잡아주고 어딜 가도 예술작품처럼 미적이에요. 우리 조선의 여자들이 이런 나라를 구경할 날이 언제쯤 올까요.

그 백 년 쯤 후에 그렇게 될 거라 하지 않았소. 당신의 후예들이 자유롭게 파리를 활보할 날이 언젠가는 올 거예요.

그녀 2000년대요? 상상할 수도 없는 먼 미래군요.

그 당신이 어디쯤 서 있는지 감이 오나요? 자 나갑시다. 늦겠어요. 참 오페라 〈카르멘〉을 내일 저녁으로 예약해 두었는데 잊지 않았지요?

경쾌하고 활기찬 파리의 음악이 들리는 가운데
퇴장.

빈 무대
빗소리와 함께
전화벨이 외롭게 한참 동안 울린다.

3. 파리의 그 여자

조선

1934~5년 경

아무 것도 없는 춥고 초라한 방.

초췌한 그녀,

손을 호호 불어가며

작은 앉은뱅이 책상 앞에 앉아

희곡 〈파리의 그 여자〉를 쓰고 있다

소녀   선생님, 감자 쪄 왔어요. 좀 드세요. 뭘 쓰고 계세요?

그녀   응, 희곡을 쓰고 있어.

소녀   희곡이 뭐예요?

그녀   연극 대본이지.

소녀   연극이요? 아, 〈이수일과 심순애〉 같은 거요? 그럼 이걸로 나중에 연극을 하는 거예요? 근데 제목이 뭐에요?

그녀   〈파리의 그 여자〉, 프랑스라는 나라에 가면 파리라고 유명한 도시가 있어. 몇 년 전에 거기 갔던 이야기를 쓴 거야.

소녀   와, 멋있어요. 선생님이 '파리의 그 여자' 에요? 저도 나

중에 그 연극 꼭 보여주세요.

그녀　알았어. 자, 이제 일하게 그만 나가세요.

그녀　(자기가 쓴 희곡의 지문을 소리내어 읽는다)
원산해수욕장
B와 J가 바닷가를 걷고 있다.
파도소리
낭만적으로 들린다.

그녀는 글을 쓰나가
일어서서
혼자 역할극을 하듯 두 사람의 대사를 번갈아 읽는다.
그러다 어느새 극 속으로 들어가
과거의 그녀가 되어 그를 만난다.
현실인 듯 환상인 듯
바닷가를 거니는 두 사람.
파도소리 들려온다.

그　돌아오니 감상이 어때요?

그녀　다시 외국 온 거 같아요.

그　그럴 거요. 나도 한참을 낯설어했지요.

그녀　모두 꿈같아요. 그렇게 유럽을 돌며 이 년 동안 화려한 생활을 했던 게 꿈인지, 지금 여기 있는 게 꿈인지…

그 그런데 왜 그렇게 편지 한 장 없었어요.

그녀 믿는 사람에게는 편지 안 하는 법이에요.

그 하기야 말이 무슨 소용 있겠소.

그녀 와, 바닷물이 굉장해요. 여러 산골짜기의 물이 흐르고 흘러 여기 이렇게 모인 거겠죠.

그 세상의 모든 사연을 안고 모여들었지.

그녀 내 마음이 꼭 저 바닷물 같아요.

그 저렇게 깊고 무궁무진하다…

그녀 아니요, 이것저것 모든 게 뒤섞여 뒤죽박죽이라구요. 구미여행에서 보고 배운 것들, 생각하고 느낀 것들이 모두 뒤엉겨 갈피를 못 잡겠어요.

그 언젠가는 그 중에서 길을 찾을 거요.

그녀 선생님은 어떠세요.

그 나는 구미만유 하기 전에는 무한한 희망이 있었던 것 같은데 다녀오니 오히려 절망이오.

그녀 그건 왜죠?

그 조선은 유럽에 비하면 황무지예요. 사막이에요. 거기 씨를 뿌려 물을 주고 씨앗이 움틀 때까지는 도무지 얼마나 긴 세월을 기다려야 할지 모르겠어요. 까마득한 생각이 들어요. 암담해요.

그녀 유럽처럼 진보할 날을 믿고 가야지요. 그러자고 어려운 길을 다녀온 거잖아요.

그　　진보라… 까마득하게 멀게만 느껴지니…

그녀　전 믿어요. 누군가 한 발자국을 떼어놓으면 다음에 또
다른 발자국이 뒤를 이을 거예요. 느리지만 언젠가는
우리에게도 진보의 열매를 맺는 날이 올 거예요.

그　　나는 마음이 급해요. 그렇게 한 발자국씩 걸어서 대체
언제 저 문명개화된 나라를 뒤쫓는단 말이오. 한 발자
국이 아니라 번쩍번쩍 뛰어 갈 사람이 필요해요.

그녀　가다보면 그런 사람도 있겠지요.

그　　당신이 그렇게 해요. 시금껏 그래왔지 않소. 조선에 당
신 같은 사람이 열 명만 있어도 우리는 희망이 있을 거
요.

그녀　선생님도 그렇게 하셔야 해요.

그　　요즘은 생각이 복잡해요. 우리가 대체 독립할 날이 오
기나 할지 때로 회의적이오.

그녀　흔들리면 안돼요. 우리는 꼭 독립할 거구 반드시 문명
개화된 나라를 만들 거예요.

그　　나라의 앞날이 어둡게만 보여요. 난 두려워요. 모든 게
두려워.

그녀　저 같은 나약한 여자도 버티고 서기 위해 애쓰고 있어
요. 선생님이 이러시면 우리나란 어떻게 해요.

그　　난 그저 필부가 되고 싶어요. 산골에 파묻혀 밭이나 일

구며 아무 생각 없이 살고 싶어요.

그녀　이미 그럴 수 없는 자리에 계시잖아요.

그　　내가 한낱 땅이나 파는 농사꾼에 불과했다면 당신을 안고 달아났을 거요. 어디든 가버렸을 거야. 당신을 사랑하지만 사랑할 수가 없어. 이 절망을 당신은 모를 거야.

그녀　알아요. 그러니 그걸로 족해요. 파리에서 마지막 날 그러셨잖아요. 우리는 피리에서 한바탕 꿈을 꾼 거라고, 조선에 가면 조선 사람으로 살아야 한다고.

그　　무지한 백성이 싫고 나약한 나라가 싫어. 아무 것도 할수 없는 내가 싫어.

그녀　무너지면 안돼요. 파리에서 세계약소민족회의에서 연설하던 기개는 어디로 갔어요. 그럴 용기가 있었잖아요. 나약한 조국을 위해 일하려는 의지와 신념이 있었잖아요.

그　　거기서는 그랬소. 하지만 초라한 조국땅에 도착해서 이 땅을 밟는 순간 내 생각이 얼마나 허황된 것이었는지 깨달았소. 이 땅에 발을 내려놓는 순간 온몸에서 기운이 확 빠져나가는 걸 느꼈어. 내 기가 모두 사라져버리는 걸 느꼈다구. 난 휘청거렸소. 하늘이 노래지고 어지러웠어. 그 후 도무지 기운을 차릴 수가 없어요.

그녀　화려한 세상을 돌아보고 근 이 년 만에 조선땅을 보았을 때 저도 그런 절망을 느꼈어요. 하지만 어째요. 여기

가 내 조국인 걸요. 내가 태어났고 내가 살고 있는 내
나라인 걸요.

그 　조선이 싫소. 모든 게 구식이고 낡아빠진 이곳이 싫어.

그녀 　우리가 살아온 땅이고 앞으로도 살아갈 땅이에요. 못나
고 부족해도 어쩔 수 없어요. 받아들여야만 해요.

그 　대체 언제나 우리도 그들처럼 인간답게 살 수 있단 말
이오. 우리에게 그런 날이 올 거라고 믿소? 정말 믿고
있어요?

그녀 　믿어요. 오래 걸리겠지만 진보의 흐름을 막을 수는 없
을 거예요. 비록 지금은 모든 게 막힌 식민지에 살고 있
지만 이 치욕의 역사가 끝날 날이 올 거예요.

그 　믿을 수 없소. 확신이 사라졌어요.

그녀 　그런 두려운 말을… 용기를 내세요.

그 　당신이 필요해. 당신 같은 용감한 여자가 필요해. 그 어
느 때보다도 당신이 나한테 필요해요. 날 붙잡아줘요.
난 나를 어쩌지 못하겠어. 난 내가 두려워. 이러다 다른
길로 가버릴 것만 같단 말이오. 난 지금 흔들리고 있어
요. 당신이 날 잡아줘요. 당신이 잡아줘야 해. 쓰러질
것 같아요. 난 방황하고 있어요. 신념을 잃은 지식인의
말로가 어떻게 되는지 당신은 잘 알지 않소. 난 내가 두
려워. 날 좀 잡아줘요.

그녀 　불쌍한 사람… 우린 모두 왜 이럴까요. 우린 왜 제대로

살 수 없을까요. 우린 왜 서로를 진심으로 위로할 수 없을까요.

그　당신이 남편이 있는 사람이라는 거 우리가 조선 사람이라는 거 모두가 원망스럽소.

그녀　조선 땅에서 저는 한 남자의 아내고 그를 사랑할 의무가 있어요. 하지만 사람의 마음속에는 단 하나의 사랑만 있는 건 아닐 거예요. 남편을 사랑하는 것과는 다른 마음으로 당신을 생각해요. 무너지면 안돼요. 처음에 가려 했던 길을 가야 해요. 나약한 조국을 위해 생을 걸어야 해요.

그　남자는 보잘 것 없는 존재요. 겉으로 큰 소리를 치지만 여자의 위로와 사랑이 없으면 아무 것도 할 수 없어. 당신이 나를 지켜봐 준다면 난 다시 일어설 거요. 방황을 접고 나를 찾을 거요.

그녀　당신을 바라보는 그 많은 사람을 생각하세요. 조국을 끝까지 바라보세요. 역사에 위대한 이름을 남기세요.

그　당신은 진보의 역사를 지을 거요. 무지한 민중이 발목을 잡을지라도 용감하게 나아가요. 전에 그러지 않았소. "내 인생의 걸작이 되고 싶어요." 당신의 생은 조선 역사의 걸작이 될 거요.

그녀　그런 이야기를 나누던 때가 좋았지요.

그　그래요. 나도 그때가 제일 좋았어.

그녀 그때처럼 모든 조건이 자유롭고 정신과 마음이 모두 자
유로웠을 때는 없었어요.

그 다시 그렇게 살 수 있을까.

그녀 지나간 일이에요. 하지만 추억은 남아 있으니 이따금
꺼내어 들여다볼 수는 있지요.

그 내 인생에 당신이란 사람이 있었다는 게 믿어지지 않아
요. 당신은 대체 어디서 왔소.

그녀 중년의 사랑이란 무서운 거죠.

그 어떻게?

그녀 청년기의 사랑은 맹목적이고 중년기의 사랑은 의식적
이지요. 열과 정에는 차이가 없겠지만 제 행동을 아는
것처럼 멋진 것이 없는 것 같아요.

그 우리가 적절한 나이에 만났나요?

그녀 가장 좋은 나이였어요. 열정이 두려울 정도였지요.

그 정말 행복했지요. 지금까지 수백 번 수천 번 생각했어
요. 그러나 현실은 그 모든 것을 사정없이 날려버려요.
파리에서 우리가 정녕 그토록 사랑했던 거요? 파리에
서 우리가 만나기나 했던 거요? 대체 당신은 누구란 말
이오…

그녀 저에게 그런 열정이 남아 있다는 게 놀라웠어요. 다시
태어난 기분이었죠.

그 모든 게 현실이 아니었어요. 그러다가 오늘 마침내 당

신을 보았어요. 그렇게 오랫동안 그리던 당신이 지금 여기 내 앞에 있다니, 아 정말 믿어지지 않아요.

그녀 그림을 그리고 있을 때도 집안일을 하고 있을 때도 혹은 바람 부는 들판을 바라보고 있을 때나 처마 끝에 매달린 빗방울을 무심코 보고 있을 때도 문득 문득 당신이 내게 찾아오셨죠.

그 사랑해요. 이건 정말 놀라운 일이야. 엄청난 현실이야. 파리가 아닌 여기 조선에서 당신을 만나 이렇게 손을 잡고 사랑한다는 말을 할 수 있다니.

그녀 우리 같이 저 물에 빠져 죽을까요…

그 당신과 함께라면 아무 두려움 없어요. 어디든 가요. 갑시다. 눈을 뜨면 모두 사라져버리는 환영은 아니겠지…

그녀 물속에는 다른 세상이 있을까요. 천국에는 아내와 남편이 없다는데 바다 속에도 그런 게 없는, 사랑만 있는 세상이 있을까요.

그 살아있다는 게 정말 기뻐요. 이렇게 당신을 보게 되다니, 정말 이런 순간이 오는구려. 나는 파리에서 당신과 헤어지던 그 날 당신과 영원히 헤어졌소. 다시는 만날 수 없을 거라고 생각했소.

그녀 그토록 냉정하게 떠나신 분이…

그 어쩌겠소. 피차 일정은 촉박하고 당신 남편은 당신을 데리러 오는 중이고…

그녀   아, 바람이 정말 시원해요.

그   그래요, 다 날려 보냅시다. 중요한 건 지금 이 순간이지.

그녀   보석으로 간직해요. 사람들 눈에 띄는 순간 보석은 추문의 바위가 되어 우리를 내리누를 거예요. 여긴 조선이니까요.

그   그렇게 하겠소.

그녀   평생을 함께 해도 얻지 못하는 것을 불과 한 달 동안 얻었다면 그것으로 족한 거 아니에요.

그   당신이 언제나 옳소. 당신은 지혜롭고 용감해. 나는 비겁한 남자요. 당신에게 당당하고 싶었지만 그럴 수 없었소.

그녀   이해해요. 이제 가야 해요. 기차 시간이 다 되었어요.

그   다시는 만날 수 없겠지요. 다시는 보지 못한다 해도, 이젠 괜찮아요. 오늘 이후로 당신은 내 마음 깊은 곳에 보석으로 남을 거요. 당신을 조선에서 다시 보았으니 그것으로 정말 기쁘고 만족해요. 이제는 당신이 준 힘으로 살아갈 거요. 내가 무슨 장한 일을 해서 신문에 오르내리면 당신에게 보내는 나의 편지인 줄 아시오.

그녀   다시는 만나지 못할지라도 저도 당신이 주신 마음을 간직할게요. 아무도 모르는 깊은 곳에 묻어둘 거예요. 잃어버리지 마세요. 언제나 이 나라의 빛나는 이름으로 사실 걸로 믿어요.

그　　가요. 나는 여기 좀 더 있겠소. 바다를 보고 있으면 무슨
이야기든 들려줄 것만 같아요. 잘 지내요. 서로 신문에
서 소식을 전하고 듣읍시다. 나는 당신 그림이 점점 좋
은 성과가 있다는 소식을 읽게 되겠지만, 나는 어떤 소
식을 전하게 될지… 당신에게 부끄러운 모습을 보이지
않으려고 노력할거요. 흔들리는 나를 곧추 세우려고 애
를 쓸 거요. 당신이 준 마음의 힘을 한 번 빌어 보겠소.

그, 먼저 돌아선다.
물안개 피어오른다.
그녀, 돌아선다.
파도소리 거세다.

소녀　　선생님, 식사 준비 다 됐어요. 일어나세요.

그녀　　어, 아니, 내가 잠이 들었나?

소녀　　글 쓰시다가 잠이 드셨나 봐요. 너무 피곤하셔서 그
렇죠.

그녀　　아, 그랬구나, 모두 꿈이었어…

소녀　　무슨 꿈을 그렇게 꾸셨어요?

그녀　　그냥… 허튼 꿈 한 자락 꾸었다.

소녀　　꿈은 쓸데없는 망상들이 오가며 만드는 거래요.

그녀　　그래, 다 부질없는 생각들이지. 그런데 참 선명한 꿈이

다. 진짜 있었던 일 같아.

소녀　　빨리 저녁이나 드세요. 풋고추를 넣었더니 된장찌개가
　　　　아주 맛있어요.

소녀 나가고

그녀, 다시 생각에 잠기다가 글을 쓴다.

그녀　　날아가 버린 새, 떨어진 꽃, 흩어진 구름, 스쳐간 바람,
　　　　잊혀진 얼굴…

어두워진다.

4. 물러설 수 없는 길

그녀의 조촐한 방, 1934년

더욱 초라해진

그녀,

수전증으로 간간이 손을 떤다.

그럼에도 글을 쓰려고 애쓰고 있다.

소완규 변호사 등장.

소완규　여전히 열심이군요.

그녀　어서 와요. 글이나 쓰면서 지내지요. 달리 뭐 할 일이
있나요.

소완규　좀 쌀쌀한데요. 방에 온기도 없고…

그녀　모처럼 오셨는데 대접할 것도 없고… 사는 게 이렇습니
다.

소완규　괜찮습니다. 그림은 통 안 그리시나 봐요.

그녀　그림 그리던 일이 꿈같아요.

소완규　귀한 솜씨를 이렇게 묵혀두다니요, 조선의 큰 손실입니
다.

그녀　그리고 싶은 마음이야 굴뚝같죠. 하지만 물감이며 화구

가 얼마나 비싼지 포기한 지 오래에요.

소완규 하기야 유화는 더하겠죠.

그녀 그림을 그린 것도 이제 와 생각하니 재주가 뛰어나서가
아니라 팔자 좋은 부잣집 딸이었기에 가능했던 거 같아
요. 작품을 그리러 다니고 여기 저기 출품을 하고 전시
회를 하고, 그게 다 엄청난 돈이 드는 일이었으니… 돈
있는 집에 태어나, 돈 있는 남편 만나 그림도 그렸지 싶
어요. 이젠 아무리 그리고 싶어도 그릴 수가 없으니까
요. 여자가 자기가 원하는 일을 하려면 무엇보다 돈이
있어야 해요. 전에는 그걸 몰랐어요.

소완규 부유할 때는 돈을 모르죠. 없을 때는 한 푼이 아쉬운데.

그녀 돈이 무서워요. 돈이 사람을 살리고 죽이는 걸 봤어요.
돈이 사람을 세우기도 하고 무너뜨리기도 해요. 하기야
요즘엔 돈뿐 아니라 사람도 세상도 모두 무섭다는 생각
이 들어요.

소완규 그림 그리는 게 업인데 이렇게 안 그리고 살 수는 있어
요?

그녀 실은 그것 때문에 죽을 것 같아요. 숨을 쉬는 거나 한가
진데 그걸 못하니 아무 낙이 없어요. 그나마 글이라도
못 쓴다면 진즉에 폐인이 됐을 거예요.

소완규 그림 그릴 방도가 영 없을까요?

그녀 돈이 생길 일이 전혀 없으니 꿈도 못 꾸죠.

소완규　그 사람한테 좀 달라고 해보면 어때요?

그녀　남편 마음이 완전히 돌아선 지 오래고 나도 그이 도움은 바라지도 않아요. 그렇게 큰 상처를 주었는데 무슨…

소완규　남편 말고 그 사람 말이에요.

그녀　당치 않아요. 아, 제발, 이제 지나간 일 들추고 싶지 않아요.

소완규　지금 조선에서 그 사람 입지가 점점 커지고 있어요. 일본에서는 그를 자기들 편으로 끌어들이기 위해 이모저모로 애를 쓰고 있어요. 회유를 하기도 하고 압박을 가하기도 하고… 워낙 정치적 영향력이 큰 거물이잖아요.

그녀　다들 변절하는 시기가 왔어요. 3.1운동이 실패한 후 어언 십 년이 훌쩍 넘었으니… 자기를 지키고 신념을 지키며 사는 게 점점 어려워지고 있어요. 보통 사람들도 흔들리지만 그런 위치에 있는 사람들은 회유가 더 심하다죠.

소완규　이럴 때 그를 좀 더 압박하는 거예요. 그래서 돈을 좀 받아서 그림을 다시 그려요. 파리로 갈 수도 있잖아요. 이까짓 고루한 조선땅에 미련 두지 말고 파리에서 새로운 인생을 사는 거예요.

그녀　아니요. 이미 다 지나간 일이에요. 그 사람에게 서운한 마음이 없는 것은 아니지만 그렇게 하고 싶지는 않아요. 설령 굶어 죽고 그림을 다시는 못 그린다 해도 그렇게는 안 해요.

소완규 인간적으로 도움을 청한 적 있잖아요. 하지만 눈도 깜빡 안 했잖아요. 전에 파리로 가겠다고 보증인이 되어 달라고 했을 때 모른 척 했잖아요.

그녀 마음이 있어도 마음대로 살 수 없는 게 높은 자리 있는 사람들일 거예요.

소완규 무슨 사람이 이래요. 왜 이렇게 한없이 관대해요. 그 사람만 아니었으면 오늘날 이렇게 힘들게 살진 않을 텐데 대체 왜 그래요. 이혼 당하고 아이들 잃고 돈 한 푼 없어 그림도 못 그리고 하늘을 찌르던 명성은 땅에 떨어지고, 그 화려하게 살던 천하의 나혜석이 이게 뭐예요. 다 누구 때문이냐구요. 아무 희망이 없잖아요.

그녀 누구 탓을 할 수는 없죠. 자신이 한 일에 대해 스스로 책임도 질 줄 알아야 하니까요. 이제 와서 나를 책임져라… 그건 아니죠.

소완규 잘 생각해봐요. 옆에서 보기 딱해서 그래요. 내가 소장의 문안을 한 번 만들어 봤어요.

그녀 나 그런 거창한 재판 같은 거 하고 싶지도 않고 변호사 수임료도 없어요. 내 형편 알잖아요.

소완규 내가 그런 거 바라고 이러겠어요. 친구로서 돕고 싶은 거뿐이에요. 조선 최초의 여류화가가 이렇게 무너지는 게 너무 아깝고 속상해서 그래요.

그녀   화가로서는 무너질지 모르지만 나를 함부로 할 수는 없어요. 나를 잃지 않는 게 중요해요. 아무리 어려워도 내 소신과 맞지 않는 일은 못해요.

소완규   억울하지도 않아요? 다시 잘 생각해봐요.

소완규, 퇴장

어두워진다.

잠시 후

다시 밝아지면서.

소완규   여류화가 나혜석 여사는 최린 씨를 상대로 1만 2천원의 위자료 청구소송을 경성지방법원 민사부에 접수하였다. 소장을 보면 다음과 같다.

그녀,

한쪽에서 흔들림 없이

개의치 않고 자신의 글을 쓰고 있다

소완규   원고 나혜석은 도쿄미술학교를 졸업하고 변호사 김우영과 결혼하여 3남 1녀를 낳고 이상적 가정생활을 하였으며 조선 여류 미술가로 세계에 평판이 있었다. 1927

년 6월 구미만유의 길에 올라 파리에 체류하던 중 정치 시찰을 위해 세계를 만유하던 천도교 도령 최린을 만나게 되었다. 피고 최린은 11월 20일 원고의 숙소인 셀렉트 호텔에 미행하여 XX를 요구하였고 원고는 이후 수십 회 정조를 OO 당하였다. 이후 원고는 이혼 당하고 사회로부터 배척되어 현재 비참한 생활을 하고 있으므로 이에 대한 위자료 1만 2천원을 청구한다.

1934년 9월 19일.

무대의 다른 쪽은

그의 사무실

비서가 뛰어 들어온다.

비서 큰일 났습니다.

그 무슨 일인가.

비서 이걸 좀 보십시오. 오늘자 조선중앙일보입니다.

그 이게 뭐야. 이런…

비서 지금 상황에서 하필이면 이런 일이… 치명적일 수도 있습니다. 어떻게 하면 좋겠습니까.

그 일단 동아일보라도 막아. 석간 배포를 막고. 내일부터 일체 이에 대한 보도를 금지시켜.

비서 석간 인쇄가 다 끝났을 텐데요.

그	무조건 막어. 그 기사를 들어내고 공란으로 내보내라고 해.
비서	신문을 공란으로요?
그	그렇게라도 해야지. 내가 다 책임질 테니까. 당장 나가봐.
비서	네 알겠습니다.
그	그리고 변호사를 보내서 중재를 하라고 해. 최대한 빨리 요구조건을 절충하고 소를 취하시키라고 해.
비서	알겠습니다.

비서, 나가고.

그   화가 많이 난 게로군. 하지만 이상한 일이야. 절대로 이
     럴 사람이 아닌데… 내가 아는 그 사람이 아니야.

골똘히 생각에 잠기는 그.

그   그렇지, 일본이 한 짓이야. 일본 측에서 이런 식으로까
     지 압박해오는군. 거기 말려든 게야… 소송을 대리한
     소완규란 자가 대체 누구지? 일본의 앞잡이 노릇을 하
     는 자인가? 이봐, 소완규에 대해서 좀 알아봐.

급박한 전화벨 소리

여기저기서 다투듯이 울린다.

다른 쪽은

그녀의 방

소완규, 신문을 가지고 급히 등장.

소완규   이걸 좀 봐요. 신문에 크게 났어요. 이제 최린은 최대의
위기에 처하게 됐어요. 조선 최초의 정조유린에 대한
손해배상 청구소송. 자 한 번 봐요.

그녀   세상에, 요란하기도 해라, 자기 정조를 스스로 책임지
는 게 자유로운 인간의 도리예요. 내 신념과는 앞뒤가
맞지 않아요.

소완규   조선의 모든 여성을 위해 하는 거예요. 정조를 유린당
하고 남자에게 무시당하면서도 참고만 사는 조선 여성
들을 위해 하는 일이에요.

그녀   내가 원하는 건 이런 게 아니에요. 정조를 유린하다니
요? 내 정조를 다른 누가 유린할 수 있어요? 내가 내 정
조의 주체고 내가 자발적으로 그와 사랑에 빠졌어요.
온전히 내 책임이라구요.

소완규   바보 같은 소리 좀 그만 해요. 이렇게 해서 빠져나와야
죠. 한 때의 철없는 실수였다. 그의 강제였다, 이렇게

해서 사람들에게 이해를 구해야죠. 사람이 너무 솔직하면 안돼요. 이렇게 해서 사람들의 동정을 받으면 재기할 수 있다구요. 그림도 다시 그리고 전시회도 열고 조선 최초의 여류화가 나혜석으로 다시 일어서야지요.

그녀 제발, 그만 둬요. 이건 나의 신념에 맞지 않아요. 비록 그 일로 해서 내가 모든 걸 잃었지만 내가 내 몸의 주인인 이상 그 모든 책임도 내 것이에요. 이렇게 거짓으로 빠져나오는 거 나로서는 절대 용납할 수 없어요. 당장 그만 둬요.

소완규 사랑이 뭐예요? 당신이 그 사람 사랑했다고 해서 그가 뭘 줬죠? 당신은 이렇게 무너졌지만 그 사람은 아무 것도 잃지 않았어요. 그는 오히려 승승장구하고 있어요. 당신 깨끗이 잊고 외면한 사람한테 뭘 그렇게 사랑 타령이냐구요.

그녀 그 사람 문제가 아니라 내 문제예요. 다른 사람을 속일 수는 있지만 나를 속일 수는 없어요. 겨우 한 달 남짓 짧은 시간이었고 그로 인해 모든 걸 잃었지만 그 순간 저는 진실했어요. 그걸 이제 와서 어떻게 아니라고 해요. 그가 진심이 아니었다고 해도 내가 진실이었는데 어째요.

소완규 그럼 빠져나갈 구멍이 없어요. 남편 있고 아이 있는 여자가 다른 남자에게 진심을 바쳤다? 그렇다면 조선 사회에서 당신을 이해하고 편들어줄 사람은 단 한 명도 없어요.

그녀 알아요. 그래서 이렇게 대가를 치르고 있잖아요. 그러나 나는 나를 똑바로 볼 수밖에 없어요. 내가 아는 진실을 아니라고 말하는 순간 나는 무너져요. 밖에서 나를 무너뜨리려는 사람들을 견디려면 나를 지켜야 하잖아요. 나를 속이면서 어떻게 나를 지켜요.

소완규 할 수 없군요. 마침 저쪽 변호사가 소를 취하해달라고 요청이 왔어요. 그럼 이 일을 없던 일로 하길 바라는 거예요?

그녀 그래요. 다시 원점으로 돌려놓으세요. 나를 위하는 마음은 고맙지만 공연한 수고를 했어요.

소완규 자, 동아일보 석간을 좀 봐요. 공란이에요. 상대는 신문에서 자기한테 불리한 기사를 빼고 공란으로 내보낼 정도의 권력자예요. 그런데 당신은 지금 뭘 가졌죠?

소완규, 언짢아서 퇴장.
어두워진다.

잠시 후 밝아지면
그의 친일 행적과
그녀의 몰락을 교차해서 빠르게 보여준다.

한 무대에서

승승장구하며 친일의 길을 가는 그의 기사와 사진, 소리 등을 배경으로

한없이 실패하고 좌절하는 그녀를 보여주어 대조시킨다.

방향이 다른 두 사람의 몰락.

그   (연설) 동아시아 모든 민족은 일본을 맹주로 히어 매진해야 하며, 특히 조선은 내선융합과 공존공영이 민족갱생의 유일한 길이다.

금강산 화실의 화재.

소녀   불이야, 불이 났어요. 선생님, 화실에 불이 났어요. 그림이 모두 불에 탔어요.

그녀   뭐라구? 안 돼. 내 그림들, 안 돼요. 안 돼. 제발… 하나라도 건져야 해.

소녀   안 돼요, 못 들어가세요, 위험해요. 우리도 빨리 피해야 해요. 불길이 곧 여기까지 번질 거예요. 빨리 나가야 해요, 선생님. 빨리요.

그녀   꺼내야 해. 하나라도 꺼내야 해.

소녀   늦었어요, 선생님. 이미 다…

그녀   이럴 수가, 세상에 이럴 수가, 이 그림들은 내 자식이나

마찬가지야… 이럴 수는 없어…

소리   최린은 1934년 4월 중추원 칙임참의가 되었으며 6월에
     는 일본정계를 시찰하였다.

여자미술학사의 설립과 좌절.

그녀   여자미술학사를 세웠어요. 여자들에게 그림을 가르치려
     고 했지요. 초상화를 그려가며 여학생들이 오기를 기다
     리고 또 기다렸지요… 하지만 더는 버틸 수가 없어요.
소녀   선생님, 저도 이제 집에 가려구요.
그녀   나는 더 이상 화가도 작가도 아닙니다. 그저 탕녀일 뿐
     이에요. 조선 땅에서 내가 설 자리는 아무 데도 없습니
     다.
소녀   어머니가 다른 집에 일자리가 있다고 전갈이 왔어요.
그녀   어딜 가나 서방질한 계집의 참혹한 말로를 구경하려드
     는 사람들의 집요한 눈빛들…
소녀   선생님, 제가 없드래도 식사 거르지 마시고 꼭 드세요.
     요즘 너무 쇠약해지셨어요.
그녀   도무지 아무 것도, 아무 것도 할 수가 없어요.

소리   최린은 총독부의 후원 아래 친일파와 천도교 신파를 모

아 내선일체를 주장하는 정치단체인 시중회를 조직하였다.

전시회의 실패.

그녀 마지막으로 기대를 걸었던 전시회. 아무도 오지 않네요… 조선 땅에서 주홍글씨를 단 여자는 그림에도 주홍글씨가 붙어 있습니다. 그림 위에 낙인이 너무 진해서 그림이 안 보여요. 이게 마지막 그림들인데… 이제 모든 게 끝났어요. 완전한 끝이에요…

소리 최린은 1937년 중일전쟁이 일어나자 중추원 시국강연 반이 되어 호남일대를 돌면서 전쟁에 적극적으로 협조하라고 연설했다.

수덕사 은거.

그녀 (편지를 쓴다) 수덕사 근처에 와 있어요. 중이나 되라고 일엽이 권합니다. 불교는 위로가 되지만 산 속에 묻혀 사는 생은 싫어요. 발길 닿는 대로 언제든 떠나야지요. 다만 말없이 지내는 날들이 좋습니다. 마음속에는 여전히 파도가 치지만 그래도 조용히 가라앉는 순간이 있어요.

소리　최린은 총독부의 기관지 〈매일신보〉의 사장이 되어 내
　　　선일체 · 성전완수 등의 각종 시국행사를 주최했다.

청운 양로원, 경성 보육원
노쇠한 노인처럼 보이는 그녀.
금방이라도 부서져 내릴 듯 한없이 초라하다.
떨리는 손으로 어렵사리 무언가 쓰고 있다.

그녀　양로원은 정말 끔찍해. 차라리 거리가 나을 거야. 이런
　　　곳에 갇혀서 다만 먹고 자는 생활, 그건 삶이 아니야.

여자　안녕하세요. 뭘 그렇게 쓰고 계세요?

그녀　나 살아온 일생에 관해 쓰고 있어요. 손이 떨려서 글씨
　　　가 엉망이네.

여자　제가 좀 도와 드릴까요?

그녀　그래주겠어요?

여자　나혜석 선생님이시죠?

그녀　나를 알아요?

여자　사람들한테서 들었어요. 실은 저도 그림을 그려요.

그녀　아, 그래요? 정말 반가워요. 나는 붓 잡은 지가 너무 오
　　　래 됐어요. 그 많던 그림도 여기저기 모두 흩어지고.

여자　　저도 곧 유학을 가요. 선생님처럼 좋은 화가가 되고 싶어요.

그녀　　장해요. 그래 이름이 뭐지요?

여자　　박인경이라고 해요.

그녀　　부디 좋은 화가가 되세요.

여자　　자 선생님, 불러주세요. 제가 받아 적을게요.

그녀　　일생을 두고 길을 찾으려 애쓰며 살아왔는데… 얼마 남지 않았어. 그래도 여기 머물러 있을 수는 없어.

여자　　그렇게 쓸까요?

그녀　　아니 아니야, 자, 이제 적어요. 움직이는 자여, 실패 있음을 각오하라 하였소. 실패와 성공은 평행하는 줄 아오. 활동하는 자에게는 실패와 성공의 결과가 있을 것이오, 그 속에는 승리와 희생이 있을 것이오.

소리　　최린은 조선총독부 시국대책조사위원회 위원, 국민총력조선연맹 이사, 조선언론보국회 회장 등의 직책으로 각종 시국강연에 참가했고 여러 차례 친일 담화를 발표했다.

마침내

거리에서

그녀의 죽음.

이로써 숨 가쁘게 달려온 두 사람의 상반된 생이 멈춘다.

기사가 화면에 보인다.

관보   행려사망

본적 미상, 주소 미상

성별 여, 성명 나혜석, 연령 53세

착의 고의(古衣), 소지품 무, 사인 병사

사망장소 시립 자제원

사망 연월일 1948년 12월 10일

가냘프면서도 장엄한 음악과 함께

그녀, 천천히 퇴장한다.

그녀   (소리) 탐험하는 자가 없으면 그 길은 영원히 못 갈 것이
오. 우리가 욕심을 내지 아니하면 우리 자손에게 무엇
을 주어 살리잔 말이오. 우리가 비난을 받지 않으면 우
리의 역사를 무엇으로 꾸미잔 말이오.

어두워진다.

5. 마지막, 그의 자리

1949년 3월 20일

서울지방법원 대법정.

법정 정면에는 중앙에 태극기.

한 쪽에는 '3.1 독립선언서'가 걸려 있다.

70대 백발노인이 된 그가 죄수복을 입고 서 있다.

매일신보 사장 취임 기사

학병을 권유하는 친일성향의 논설기사들.

그의 친일행적을 보여주는 수많은 신문기사들이 화면으로 지나간다.

재판장 피고의 이름은?

그 최린.

재판장 민족 대표 33인 중의 한 사람으로서 기미독립선언을 주도한 피고가 왜 일제에 협력하게 되었는가?

그 3.1 운동 이후 그들이 나를 지속적으로 위협하고 유혹했다. 끝내 이기지 못하고 민족을 배반하는 행동을 하고 말았다. 죄스럽고 부끄러울 뿐이다.

재판장　친일 말고는 다른 길이 없었는가?

그　내가 택할 수 있는 길은 세 가지뿐이었다. 첫째는 망명, 둘째는 자살, 셋째는 일본에 항복하는 길. 첫째와 둘째를 택하지 못한 것은 늙은 부모에게 불효할 수 없어서였다.

재판장　충과 효 중에 효를 택하였으나, 그것이 진정한 효는 아닐 것이다.

그　민족 대표의 한사람인 내가 반민족 행위를 재판 받는 자체가 부끄러운 일이다. 나는 사면되기를 바라지 않는다. 민족 앞에 죄지은 나를 광화문 네거리에서 사지를 찢어 죽여라.

사람들 웅성거리는 소리.

재판장　나혜석을 아는가?

그　조선 최초의 여류화가로 알고 있다.

재판장　그를 만난 적이 있는가?

그　1927년 구미만유 중에 파리에서 만난 적이 있다.

재판장　특별한 사이였나?

그　유학생 환영회 모임에서 인사만 나누었다.

재판장　1934년 정조유린에 관한 손해배상 청구소송이 있었는가?

그 당시 일본이 나를 회유하기 위해서 정치적으로 압력을 넣기 위해 꾸민 일이다.

재판장 잘못한 일은 전혀 없는가?

그 청구금액의 일부를 주고 소를 취하했다.

재판장 개인적 소회는 없는가?

그 전혀 사적인 일이 아니다. 풍문이 과도하게 부풀려져서 정치적으로 이용된 것뿐이다.

재판장 마지막으로 할 말은?

그 나는 그녀를 모른다. 나혜석… 나는, 그녀를… 모른다.

사람들 웅성거리는 소리.
파리 시절 모습의 젊은 그녀가 환영처럼 나타나 서 있다가
연기처럼 사라진다.

재판장 이것으로 피고 최린에 대한 반민족특별위원회의 1차 공판을 마치고 다음 공판은 2주 후 속개한다.

소리 흐려진다.
어둠 속에 빈 무대.

6. 새는 날아가고

첫 장면과 같은 호텔방

같은 시간.

전화벨이 울린다.

그녀   아, 택시가 도착했어요? 알았어요. 금방 내려갈게요.

그녀, 방을 한 번 둘러본다.

여행가방들을 문 앞에 잘 세워두고

침대를 다시 매만진다.

테이블의 찻잔과 신문과 잡지들을 정돈한다.

책 사이에서 표가 떨어진다.

주워서 들여다본다.

미술관 티켓이다.

그녀   (소리) 오늘밤은 한 숨도 못 잘 거예요. 꿈에 그리던 루블에서 그렇게 훌륭한 그림들을 봤으니 잠이 올 리가 없죠.

그   (소리) 당신 그림도 언젠가는 세계적인 미술관에 걸릴 날이 올 거요.

그녀   (소리) 정말 그런 날이 올까요? 하도 좋은 그림들을 많이 봤더니 지금은 그림 그릴 용기가 완전히 꺾였어요. 붓을 만지는 것도 겁이 나요.

그   (소리) 용기를 내요. 세계 여러 나라에서 사람들이 당신 그림을 보러 몰려들 거요.

그녀   (소리) 고마워요.

그   (소리) 나혜석, 조선 최초의 여류 화가, 페미니스트, 여성작가. 당신은 반드시 '조선 역사의 걸작'이 될 거요. 백 년 후 세상 사람들은 당신을 그렇게 기억할 거요.

잠시 표를 들여다본다.

시계를 본다.

급히 코트를 입는다.

모자를 쓴다.

창의 커튼을 닫는다.

마지막이라는 듯 방을 다시 둘러보고

불을 끄고 나간다.

찰칵,

문이 닫히는 소리가 들린다.

한국 희곡 명작선 19

파리의 그 여자, 나혜석

초판 1쇄 인쇄일   2019년 1월 16일
초판 1쇄 발행일   2019년 1월 25일

지 은 이   유진월
만 든 이   이정옥
만 든 곳   평민사
           서울시 은평구 수색로 340 [202호]
           전화: (02) 375-8571(代)
           팩스: (02) 375-8573
           http://blog.naver.com/pyung1976
           이메일 pyung1976@naver.com
등록번호   제251-2015-000102호
 정 가   6,000원

※ 이 책은 사단법인 한국극작가협회가 한국문화예술위
  2019년 제2회 극작엑스포 지원금을 받아 출간하였습니다.